Julchen

Wilhelm Busch

© 2022 Culturea Editions

Illustration de couverture : © domaine public

Edition : Culturea, le patrimoine des lettres (Hérault, 34)

Contact : infos@ culturea.fr

Retrouvez notre catalogue sur http://culturea.fr

Imprimé en Allemagne par Books on Demand, In de Tarpen 42, Norderstedt.

Design typographique : Derek Murphy

Layout : Reedsy (https://reedsy.com/)

ISBN : 9782385084332

Dépôt légal : decembre 2022

Tous droits réservés pour tous pays

Vorbemerk

Vater werden ist nicht schwer,
Vater sein dagegen sehr.

Ersteres wird gern geübt,
Weil es allgemein beliebt.
Selbst der Lasterhafte zeigt,
Daß er gar nicht abgeneigt;
Nur will er mit seinen Sünden
Keinen guten Zweck verbinden,
Sondern, wenn die Kosten kommen,
Fühlet er sich angstbeklommen.
Dieserhalb besonders scheut
Er die fromme Geistlichkeit,
Denn ihm sagt ein stilles Grauen:
Das sind Leute, welche trauen.
So ein böser Mensch verbleibt
Lieber gänzlich unbeweibt.
Ohne einen hochgeschätzten
Tugendsamen Vorgesetzten
Irrt er in der Welt umher,
Hat kein reines Hemde mehr,

copyright © 2022 Culturea éditions
Herausgeber: Culturea (34, Hérault)
Druck: BOD - In de Tarpen 42, Norderstedt (Deutschland)
Website: http://culturea.fr
Kontakt: infos@culturea.fr
ISBN: 9782385084332
Veröffentlichungsdatum: November 2022
Layout und Design: https://reedsy.com/
Dieses Buch wurde mit der Schriftart Bauer Bodoni gesetzt.
Alle Rechte für alle Länder vorbehalten.
ER WIRT MIR GEBEN

Wird am Ende krumm und faltig,
Grimmig, greulich, ungestaltig,
Bis ihn dann bei Nacht und Tag
Gar kein Mädchen leiden mag.
Onkel heißt er günst'gen Falles,
Aber dieses ist auch alles.

Oh, wie anders ist der Gute!
Er erlegt mit frischem Mute
Die gesetzlichen Gebühren,
Läßt sich redlich kopulieren,
Tut im stillen hocherfreut
Das, was seine Schuldigkeit,
Steht dann eines Morgens da
Als ein Vater und Papa
Und ist froh aus Herzensgrund,
Daß er dies so gut gekunnt.

Julchen das Wickelkind

Also, wie bereits besprochen:

Madame Knoppen ist in Wochen,

Und Frau Wehmut, welche kam

Und das Kind entgegennahm,

Rief und hub es in die Höh:

»Nur ein Mädel, ach herrje!«

(Oh, Frau Wehmut die ist schlau;

So was weiß sie ganz genau!)

Freilich Knopp der will sich sträuben,

Das Gesagte gleich zu gläuben;

Doch bald überzeugt er sich,

Lächelt etwas säuerlich,

Und mit stillgefaßten Zügen

Spricht er: »Na, denn mit Vergnügen!!«

Dieses Kind hat eine Tante,
Die sich Tante Julchen nannte;
Demnach kommt man überein,
Julchen soll sein Name sein.

Julchen, als ein Wickelkind,
Ist so, wie so Kinder sind.
Manchmal schläft es lang und feste,
Tief versteckt in seinem Neste.

Manchmal mit vergnügtem Sinn
Duselt es so für sich hin.

Manchmal aber wird es böse,
Macht ein lautes Wehgetöse
Und gibt keine Ruhe nicht,
Bis es was zu lutschen kriegt.
Sein Prinzip ist überhaupt:
Was beliebt ist auch erlaubt;
Denn der Mensch als Kreatur
Hat von Rücksicht keine Spur.
O ihr, die ihr Eltern seid,
Denkt doch an die Reinlichkeit!
Wahrlich, hier gebührt Frau Knopp
Preis und Ehre, Dank und Lob.
Schon in früher Morgenstund
Öffnet sie den Wickelbund,

Gleichsam wie ein Postpaket,
Worauf Knopp beiseite geht.

Mit Intresse aber sieht
Er, was fernerhin geschieht.

Macht man Julchens Nase reinlich,

So erscheint ihm dieses peinlich.

Wie mit Puder man verfährt,

Dünkt ihm höchst bemerkenswert.

Freudevoll sind alle drei,
Wenn die Säuberung vorbei.

Nun mag Knopp sich gern bequemen,
Julchen auch mal hinzunehmen.
Flötend schöne Melodien,
Schaukelt er es auf den Knien.

Auf die Backe mit Genuß

Drückt er seinen Vaterkuß.

Eine unruhige Nacht

Einszweidrei, im Sauseschritt,

Läuft die Zeit; wir laufen mit.

Julchen ist hübsch kugelrund

Und schon ohne Wickelbund.

Es ist Nacht. Frau Doris ruht,

Während Knopp das Seine tut.

Aber Julchen in der Wiegen

Will partu nicht stille liegen.

Er bedenkt, daß die Kamille

Manchmal manche Schmerzen stille.

Wirkungslos ist dieser Tee.
Julchen macht: rabäh, rabäh!

Lieber Gott, wo mag's denn fehlen?
Oder sollte sonst was quälen?

O wie gern ist Knopp erbötig,

Nachzuhelfen, wo es nötig.

Aber weh, es will nicht glücken,

Und nun klopft er sanft den Rücken.

Oder will's vielleicht ins Bette,
Wo auf warmer Lagerstätte
Beide Eltern in der Näh?
Nein, es macht: rabäh, rabäh!

Schau! Auf einmal wird es heiter.
Knopp begibt sich eilig weiter
Und bemerkt nur dieses noch:
»Ei potztausend! Also doch!!«

Ein festlicher Morgen

Einszweidrei, im Sauseschritt

Läuft die Zeit; wir laufen mit.

Julchen ist schon sehr verständig

Und bewegt sich eigenhändig.

Heut ist Feiertag; und siehe!
Schon streicht Knopp in aller Frühe
Luftiglosen Seifenschaum
Auf des Bartes Stachelflaum.
Heut will er zur Messe gehn,
Denn da singt man doch so schön.

Frau Dorette trägt getreu
Frack und Biberhut herbei.

Julchen gibt indessen acht,
Was der gute Vater macht.

Bald ist seine Backe glatt,
Weil er darin Übung hat.

In die Kammer geht er nun,
Julchen macht sich was zu tun.

Gerne ergreifet sie die Feder
An des Vaters Schreibkatheder.

Reizend ist die Kunstfigur

Einer Ticktacktaschenuhr.

Ach herrje! Es geht klabum!

Julchen schwebt; der Stuhl fällt um.

Allerdings kriegt Julchen bloß
Einen leichten Hinterstoß,
Doch die Uhr wird sehr versehrt
Und die Tinte ausgeleert.

Schmiegsam, biegsam, mild und mollig
Ist der Strumpf, denn er ist wollig.

Drum wird man ihn gern benutzen,

Um damit was abzuputzen.

Wohlbesorgt ist dieses nun.

Julchen kann was andres tun.

Keine Messer schneiden besser

Wie des Bartes Putzemesser.

Wozu nützen, warum sitzen
An dem Frack die langen Spitzen??
Hier ein Schnitt und da ein Schnitt,
Ritscheratsche, weg damit.

Wohlbesorgt ist dieses nun.
Julchen kann was andres tun.

In des Vaters Pfeifenkopf

Setzt sich oft ein fester Pfropf,

Ja, was schlimmer, die bewußte

Alte, harte, schwarze Kruste;

Und der Raucher sieht es gerne,

Daß man sie daraus entferne.

Wohlbesorgt ist dieses nun.

Julchen kann was andres tun.

Stattlich ist der Biberhut;

Manchmal paßt er nur nicht gut.

Niemals soll man ihn benützen,

Um bequem darauf zu sitzen.

Seht, da kommt der Vater nun,

Um den Frack sich anzutun.

Schmerzlich sieht er, was geschehn,

Und kann nicht zur Messe gehn.

Böse Knaben

Einszweidrei, im Sauseschritt
Läuft die Zeit; wir laufen mit.

Unsre dicke, nette Jule
Geht bereits schon in die Schule,
Und mit teilnahmsvollem Sinn
Schaut sie gern nach Knaben hin.

Einer, der ihr nicht gefiel,

Das ist Dietchen Klingebiel.

Peter Sutitt, frech und dick,

Hat natürlich auch kein Glück.

Ferdinandchen Mickefett

Scheint ihr nicht besonders nett.

Försters Fritze, blond und kraus,

Ja, der sieht schon besser aus.

Keiner kann wie er so schön

Grade auf dem Kopfe stehen;

Und das Julchen lacht und spricht:

»So wie Fritze könnt ihr's nicht!«

Kränkend ist ein solches Wort.

Julchen eilt geschwinde fort.

Knubbs! Da stoßen die drei Knaben

Julchen in den feuchten Graben,

Und sie fühlen sich entzückt,

Daß der Streich so gut geglückt.

Wartet nur, da kommt der Fritze!

Schwapp, sie liegen in der Pfütze.

Fritz ist brav und sanft und spricht:

»Gutes Julchen, weine nicht!«

Julchens Kleid ist zu beklagen.

Knopp der muß die Kosten tragen.

Vatersorgen

Einszweidrei, im Sauseschritt

Läuft die Zeit; wir laufen mit.

Julchen ist nun wirklich groß,

Pfiffig, fett und tadellos,

Und der Vater ruft: »Was seh ich?

Die Mamsell ist heiratsfähig!«

Dementsprechend wäre ja

Mancher gute Jüngling da.

Da ist Sutitt; aber der

Praktiziert als Vetrinär.

Da ist Mickefett; doch dieser

Ist Apthekereiproviser.

Da ist Klingebiel; was ist er?

Sonntags Kanter, alltags Küster.

Und dann Fritz, der Forstadjunkt,

Das ist auch kein Anhaltspunkt.

Einfach bloß als Mensch genommen

Wäre dieser höchst willkommen,

Nur muß Knopp sich dann entschließen,

Ganz bedeutend zuzuschießen.
Kurz gesagt mit wenig Worten,
Ob auch Knopp nach allen Orten
Seine Vaterblicke richte,

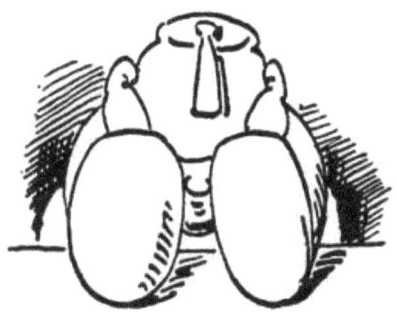

Nirgends paßt ihm die Geschichte.

Anderseits, wie das so geht,
Mangelt jede Pietät.
Man ist fürchterlich verliebt,
Ohne daß man Achtung gibt
Oder irgendwie bedenkt,
Ob man alte Leute kränkt.
Selten fragt sich so ein Tor:
Was geht in den Eltern vor??
Ja, so ist die Jugend heute!
Schrecklich sind die jungen Leute

Hinter Knoppens Julchen her,
Und recht sehr gefällt es der.
Was hat Knopp doch für Verdruß,
Wenn er das bemerken muß!

Hier zum Beispiel abends spät,
Wie er still nach Hause geht,
Sieht er nicht mit Stirnefalten,
Wie drei männliche Gestalten
Emsig spähend da soeben
Starr vor Julchens Fenster kleben?

Zornig mit dem Wanderstab
Stochert er sie da herab.
Er verursacht großen Schreck,
Doch den Ärger hat er weg.

Herzverlockende Künste

Wohl mit Recht bewundert man

Einen Herrn, der reiten kann.

Herzgewinnend zeigt sich hier

Sutitt auf dem Satteltier.

Doch die Wespen in der Mauer

Liegen heimlich auf der Lauer;

Sie sind voller Miß vertrauen,

Als sie einen Reiter schauen.

Hopps! Der Rappe springt und schnaubt,

Hebt den Schwanz und senkt das Haupt;

Und am Halse hängt der Reiter.

Er ist ängstlich, Knopp ist heiter.

Dahingegen Klingebiel

Hofft vermittelst Saitenspiel

Julchens Seele zu entzücken

Und mit Tönen zu umstricken.

Dazu hat er sich gedichtet,

Aufgesetzt und hergerichtet

Ein gar schönes Schlummerlied,

Horch! er singt es voll Gemüt.

Ständchen

Der Abend ist so mild und schön.

Was hört man da für ein Getön??

Sei ruhig, Liebchen, das bin ich,

Dein Dieterich,

Dein Dietrich singt so inniglich!!
Nun kramst du wohl bei Lampenschein
Herum in deinem Kämmerlein;
Nun legst du ab der Locken Fülle,
Das Oberkleid, die Unterhülle;
Nun kleidest du die Glieder wieder
In reines Weiß und legst dich nieder.
Oh, wenn dein Busen sanft sich hebt,
So denk, daß dich mein Geist umschwebt.
Und kommt vielleicht ein kleiner Floh
Und krabbelt so
Sei ruhig, Liebchen, das bin ich.
Dein Dieterich.
Dein Dietrich der umflattert dich!!

Platsch! Verstummt ist schnell und bang
Nachtgesang und Lautenklang.

Eilig strömt der Sänger weiter;
Er ist traurig, Knopp ist heiter.

Die Tante auf Besuch

Unvermutet, wie zumeist,
Kommt die Tante zugereist.
Herzlich hat man sie geküßt,
Weil sie sehr vermöglich ist.

Unser Julchen, als es sah,
Daß die gute Tante da,
Weiß vor Freude nicht zu bleiben
Und hat allerlei zu schreiben.

Sutitt hielt vor großem Kummer
Grade einen kleinen Schlummer.
Froh wird er emporgeschnellt,
Als er dies Billett erhält:
»Weißt du, wo die Rose blüht???
Komm zu mir, wenn's keiner sieht!!«

Stolz und schleunig diese Zeilen
Mickefetten mitzuteilen,
Eilt er zur Aptheke hin.
Ach, wie wurde dem zu Sinn;
Plump! so fällt ihm wie ein Stein
Neidgefühl ins Herz hinein.

Aber sagen tut er nichts.

Scheinbar heitern Angesichts

Mischt er mancherlei Essenzen,

Ums dem Freunde zu kredenzen

Unter Glück- und Segenswunsch;

Und dem Freunde schmeckt der Punsch.
Hoffnungsvoll, beredt und heiter
Schlürft er arglos immer weiter.

Aber plötzlich wird er eigen,
Fängt sehr peinlich an zu schweigen

Und erhebt sich von dem Sitz.

»Ei«, ruft Mickefett, »potzblitz!

Bleib doch noch ein wenig hier!«

Schnupp! Er ist schon aus der Tür.

Mickefett voll List und Tücke

Wartet nicht bis er zurücke,

Sondern schleicht als falscher Freund,

Wo ihm Glück zu winken scheint.

Seht, da steigt er schon hinein.

Freudig zittert sein Gebein.

Und er küßt die zarte Hand,
Die er da im Dunkeln fand.

Und er hält mit Liebeshast
Eine Nachtgestalt umfaßt.
Mickefett! Das gibt Malör,
Denn die Tante liebt nicht mehr!

Ängstlichschnelle, laut und helle
Schwingt sie in der Hand die Schelle.

Schwerbewaffnet kommt man jetzt.
Mickefett ist höchst entsetzt.
Schamverwirrt und voller Schrecken
Will er sich sogleich verstecken.

Aber autsch! Der Säbel ritzt,
Weil er vorne zugespitzt.

Schmerzgefühl bei großer Enge
Wirkt ermüdend auf die Länge.

Bratsch! Mit Rauschen und Geklirr

Leert sich jedes Waschgeschirr.

Man ist sehr verwirrt und feucht.

Mickefett entschwirrt und fleucht.

Schmerzlich an den Stoff der Hose
Heftet sich die Dornenrose.

Das Gartenhaus

Liebe   sagt man schön und richtig
Ist ein Ding, was äußerst wichtig.
Nicht nur zieht man in Betracht,
Was man selber damit macht,
Nein, man ist in solchen Sachen
Auch gespannt, was andre machen.

Allgemein von Mund zu Munde

Geht die ahnungsvolle Kunde,

Sozusagen ein Gemunkel,

Daß im Garten, wenn es dunkel,

Julchen Knopp mit Försters Fritze

Heimlich wandle oder sitze.

Diese Sage hat vor allen

Drei Personen sehr mißfallen,

Die sich leider ganz entzweit

Durch die Eifersüchtigkeit.

Jeder hat sich vorgenommen:

Ei, da muß ich hinter kommen.

Hier schleicht Sutitt schlau heraus
Zu Herrn Knoppens Gartenhaus,
Wo das Gartenbaugerät

Wohlverwahrt und trocken steht.

Husch! Er schlüpft in das Sallett,

Denn es naht sich Mickefett.

Husch! Der zögert auch nicht viel,

Denn es naht sich Klingebiel.

Husch! Auch der drückt sich hinein,
Denn hier naht im Mondenschein,
Wie wohl zu vermuten war,
Das bewußte Liebespaar.

O wie peinlich muß es sein,
Wenn man so als Feind zu drein
Engbedrückt zusammensitzt
Und vor Zorn im Dunkeln schwitzt!

Siehste wohl! Da geht es plötzlich
Rumpelpumpel, ganz entsetzlich.
Alles Gartenutensil
Mischt sich in das Kampfgewühl;

Und, rabum! zum Überfluß
Löst sich laut der Flintenschuß.

Husch! Da schlupfen voller Schreck

Fritz und Julchen ins Versteck;

Denn schon zeigt sich in der Ferne

Vater Knopp mit der Laterne.

Knipp, der Hund, kratzt an der Tür.

Knopp der denkt: »Was hat er hier?«

Starr und staunend bleibt er stehn

Mit dem Ruf: »Was muß ich sehn??«

Dann mit Fassung in den Zügen

Spricht er: »Na, Ihr könnt Euch kriegen!!«

Jetzt kommt Mutter, jetzt kommt Tante,

Beide schon im Nachtgewande.

Oh, das war mal eine schöne

Rührende Familienszene!!!

Ende

Feierlich, wie sich's gebührt,
Ward die Trauung ausgeführt.

Hierbei leitet Klingebiel
Festgesang und Orgelspiel
Unter leisem Tränenregen,
Traurig, doch von Amtes wegen;
Während still im Kabinett
Sutitt und Herr Mickefett
Hinter einer Flasche Wein
Ihren Freundschaftsbund erneun.

Knopp der hat hienieden nun

Eigentlich nichts mehr zu tun.

Er hat seinen Zweck erfüllt.

Runzlich wird sein Lebensbild.

Mütze, Pfeife, Rock und Hose

Schrumpfen ein und werden lose,

So daß man bedenklich spricht:

»Hört mal, Knopp gefällt mir nicht!!«

In der Wolke sitzt die schwarze

Parze mit der Nasenwarze,

Und sie zwickt und schneidet, schnapp!!

Knopp sein Lebensbändel ab.

Na, jetzt hat er seine Ruh!

Ratsch! Man zieht den Vorhang zu.